AU SECOURS !

ALICE BRIÈRE-HAQUET
ÉGLANTINE CEULEMANS

Pour Lisa, Lana, Eliot, Rose, Jeanne et tous les nouveaux 6e :
que les années collège vous soient belles !

A. B.-H.

Pour Caroline

E. C.

Castor Poche

Éditions Flammarion – 87, quai Panhard-et-Levassor – 75647 Paris Cedex 13
ISBN : 978-2-0813-9114-7 – N° d'édition : L.01EJEN001341.N001

YOUPI, dans une semaine c'est la rentrée !!

– N'en fais pas trop, Léa !

Julie fronce les sourcils en direction de sa sœur jumelle qui sautille autour de la table, mais elle ne peut s'empêcher de sourire aussi… Après deux longs mois d'été, c'est bon de se retrouver !

Toute la bande de l'immeuble s'est rassemblée au local pour la fin des vacances. Une pièce dans le grenier que les adultes n'utilisent pas et que les enfants ont récupérée, rangée, nettoyée et transformée en petit nid douillet à l'aide de quelques meubles pas trop cassés.

Les enfants Tessier sont là, bien sûr, avec Léa qui sautille et Julie avachie dans le vieux fauteuil un peu râpé. Il y a aussi Momo, leur petite sœur, et son inséparable copain Corentin. Ensemble, ils font le tour des toiles d'araignées pour voir si toutes leurs bestioles ont passé un bel été. Paul, l'aîné des Tessier, les suit d'un œil un peu absent, pendant que Gaspard, le voisin mignon du deuxième étage, raconte ses vacances : quinze jours en Afrique avec sa mère, un *road-trip* en Angleterre avec son père, une semaine à la mer avec sa marraine, et Paris avec sa grand-mère... On dirait qu'il revient de dix ans de vacances !

– Oui, nous, finalement, on était cool au milieu des poules... soupire Julie en lorgnant le déballage des gadgets « made in Dakar » que Gaspard leur a rapportés.

Eux ont passé toutes les vacances chez Mamine et Papou, les parents de leur père, ce qui était super, mais un peu long parfois... Julie n'est pas mécontente de retrouver ses copains, sa télé, son quotidien. Momo, en revanche, n'a pas bien vécu le retour à la normale.

– Mes poules... Mes petites poules chéries : Rosette, Marie-Huguette, Héloïse, Gertrude, Caroline, et les lapins Bob et Dylan... Ils me manquent tellement ! Tu crois que je pourrais leur écrire une carte ?

– Bien sûr, mais adresse-la plutôt à Mamine, sinon le facteur risque d'être surpris, répond Léa.

Tout le monde rit, sauf Paul. Il a toujours le regard dans le vague, perdu dans ses pensées. Quelque chose semble le préoccuper. Julie se place devant lui.

Paul se ressaisit, tous ses amis se sont tournés vers lui. Il soupire :

– Ah oui, youpi, c'est bientôt la rentrée...

Un silence s'installe. Léa vient s'asseoir à ses côtés.

– Allez mon frérounet, ne fais pas cette tête-là ! C'est pas si terrible... Tu as survécu les autres années, tu survivras à cette rentrée aussi. D'ailleurs, je te fais une promesse : dans à peine dix mois, les vacances reviennent... Et puis il y a un peu d'entraînement au milieu, pour ne pas perdre l'habitude de ne rien faire : la Toussaint, Noël, février, Pâques, et les ponts en mai... Tu verras, ça va bien se passer !

Paul esquisse un sourire. Ce n'est pas la rentrée qui lui fait peur : les cours, les devoirs, ça va, il a toujours géré... Quand ça devient trop pénible, il sort son carnet à dessin. Mais cette année, c'est différent, cette année, c'est le collège.

– Facile à dire pour vous ! se plaint-il. Vous allez retrouver votre petit train-train, vos copains ! Moi, je vais aller dans ce truc énorme qui ressemble plus à une caserne militaire qu'à une école. On sera tous séparés dans des classes différentes, avec plein de profs, des changements de salle à chaque heure, la sonnerie stridente, l'emploi du temps à comprendre, et puis des pions qui essayent de te mettre des colles, il faudra que je prenne le bus tout seul... et puis...

Sa voix se fend.

– ... je serai le plus petit.

Moi aussi je vais être le plus petit de la primaire.
Ça fera bizarre.
Ben oui, CP Classe des Petits
Logique
GRAT GRAT...
Et CM, Classe des Moyens et CE... heu...
Classe d'Entre-deux ?
Du coup, tu seras plus mon grand copain.
POP
Mais mon petit ami.

Ouh, là là ! c'est dur… Marie-Lou a décidé qu'il fallait reprendre le rythme scolaire pour la dernière semaine des vacances : réveil à 7 heures pour un petit déjeuner à 7 h 30. Finies les grasses matinées !

Ce matin, toute la famille Tessier est un peu en mode zombie : tête basse, paupières lourdes, yeux vides. Marie-Lou essaie de ranimer ses troupes en redoublant d'énergie. La quantité de tartines sur la table augmente, comme la liste des choses à ne pas oublier.

– On doit faire le point sur les fournitures ! Les filles, vous avez tout ?

– Presque, répond Léa. Il me manque le correcteur en forme de souris, les Post-it papillons, et puis j'ai vu des girafes trombones trop mignonnes.

THÉ
GRILLE

– C'est plus un cartable, c'est un zoo... grommelle Paul.

– Ho hé, ça va, monsieur le rabat-joie, rétorque sa sœur. C'est pas parce que tu vas dans ton école militaire qu'on doit tous avoir des cartables camouflage ! Laisse-nous nous amuser encore quelques années...

– Une école militaire ? C'est quoi cette histoire ? intervient Marie-Lou. On ne t'a jamais inscrit dans une école militaire !

– Mais non, c'est juste une façon de parler du collège, explique Paul. Mais c'est un peu pareil. La sonnerie insupportable qui retentit toutes les heures, les déplacements en troupeau d'une salle à l'autre, et...

– N'importe quoi ! le coupe sa mère. Évidemment, il y a besoin d'un minimum d'ordre dans un établissement de cette taille, le grand nombre d'élèves exige une organisation bien huilée. Mais le collège, c'est avant tout un espace d'épanouissement personnel ! La proviseure est une amie, je sais qu'elle est, comme moi, très attentive à accompagner les jeunes dans ce moment crucial de leur croissance qu'est l'adolescence. Nous les aidons à révéler ce qu'il y a de mieux en eux. Nous...

Et voilà, c'est reparti. Marie-Lou, elle aussi proviseure (heureusement d'un établissement à l'autre bout de la ville !), leur sort le bla-bla qu'elle fait chaque année aux journées portes ouvertes. Il y en a pour une heure.

Paul triture sa tartine de beurre en maudissant sa sœur. Franchement, elle avait besoin de mettre ça sur la table maintenant ? Mais William interrompt bientôt sa femme :

– J'adore quand tu t'enflammes pour tes belles idées, ma chérie ! Mais là n'est pas la question. Mon grand, soyons réalistes : pour survivre au collège, il faut juste savoir à qui tu as affaire. Grosso modo, il y a cinq types de prof :

– L'avantage du collège, reprend William, c'est que tu alternes tout le temps ! À chaque cours, tu changes de prof. Tu verras, ça en devient presque amusant. Alors que si tu tombes sur un sadique en primaire, tu morfles.

Momo a un petit pincement au cœur en imaginant Corentin face à ce genre de monstre... Est-ce qu'il pourrait lui demander de réciter l'alphabet à l'envers ? Ou d'écrire avec les dents ? Heureusement, il n'y a pas de psik-à-pattes en maternelle.

– Et maman, elle était quel type de prof ? demande Léa.

– Un peu des cinq, c'est pour cela qu'elle est devenue proviseure...

Marie-Lou grogne. Heureusement, on frappe à la porte de l'appartement : c'est Gaspard.

– Ma mère a décidé de faire aussi l'opération « remise en route des rythmes scolaires » alors je me suis dit, quitte à se lever aux aurores pour ne rien faire, autant ne rien faire ensemble. Mais j'arrive peut-être au mauvais moment...

– On parlait de l'importance du collège dans l'épanouissement personnel... peste Marie-Lou, les dents serrées.

William hausse les épaules.

– Paul est un peu stressé avec sa rentrée au collège, on lui donne quelques trucs, c'est tout...

– Je ne suis pas stressé, je suis juste un peu inquiet! L'organisation est tellement différente, et je serai seul... Ma classe va s'éparpiller, et vous, vous ne serez plus là à la récré. Il faudra que je me fasse accepter.

Gaspard s'approche de la table et pose une main sur l'épaule de son copain.

– Bah, t'inquiète! L'important au collège, c'est d'être cool. Tout le reste, on s'en fout.

Cette fois, Marie-Lou explose:

En donnant un coup de main pour débarrasser la table, Gaspard souffle à l'oreille de Paul:

– T'inquiète, la coolitude, ça me connaît! Je suis abonné depuis deux ans au magazine «*Jeune & Top*», et je suis les meilleurs experts en la matière sur **Youtube**. Je vais t'apprendre.

Réunion Rentrée :
Professeurs / direction
OBJECTIF n° 1
* Être Cool.
(Le reste, on s'en fout.)

AU SECOURS !!

Finalement, le bla-bla de Marie-Lou était moins pénible à supporter que les cours de coolitude de Gaspard... Le ciel s'est mis en mode rentrée lui aussi, la pluie bat contre les carreaux, si bien que toute la bande s'est réfugiée au chaud dans la chambre de Gaspard. Paul se regarde dans le grand miroir, sous l'œil du reste de la bande. Gaspard lui a prêté quelques affaires. Par chance, ils font presque la même taille.

Par chance ? Franchement... Petit polo ridicule, pantalon slim ridicule, tennis blanches ridicules. Au moins, ça va ridiculement bien ensemble. Paul se passe la main dans les cheveux. Aïe, il a oublié que Gaspard l'a couvert de gel, et il manque de rester collé.

– Attention, tu vas te décoiffer ! braille Gaspard en lui tendant une paire de lunettes. Tiens, essaie ça...

– Mais il n'y a pas de soleil ! rétorque Paul.

Gaspard ne daigne même pas répondre, il enchaîne :

– Et puis on doit travailler la posture. Allez, marche !

Léa, Julie, Momo et Corentin se réfugient sur le lit pour laisser de la place. D'un pas hésitant, Paul tente une traversée de la chambre.

– Mais NOOOOOOON !! C'est pas du tout ça ! se plaint Gaspard.

– Ben, je marche quoi, un pied après l'autre : ça a toujours fonctionné jusqu'à maintenant.

– Mais marcher cool, c'est autre chose. Regarde : les épaules basses, les pieds qui traînent un peu, le regard vague...

Gaspard accompagne ses explications d'une démonstration. Ça semble idiot, mais Paul doit l'avouer, le résultat est plutôt pas mal. Les jumelles sont en admiration, tout le monde applaudit. Paul ne peut s'empêcher d'éprouver un léger pincement de jalousie. Gaspard EST cool. Il a un truc qui fait qu'il est à l'aise partout. Tout est tellement facile pour lui !

– À ton tour ! dit Gaspard. Allez, épaules basses...

Paul essaie et, peu à peu, se prend au jeu. Une seconde, il a même l'illusion que oui, ce sera facile. Mais la réalité le rattrape : les autres, les salles, les couloirs, le bus même ! Jouer les stars en roulant des mécaniques ne changera rien. Découragé, ses épaules tombent encore plus bas.

– Ouais, comme ça ! s'enthousiasme Gaspard. T'es parfait, absolument parfait !

– Et tu crois que ça va m'aider à trouver ma place au collège, cette affaire ? On dirait juste que j'ai mangé trop de marshmallows avec cette démarche d'idiot...

– Mais un marshmallow qui a la classe ! rétorque Gaspard, vexé.

– Eh, les garçons, les arrête Julie, on ne va pas s'embrouiller ! Paul, on cherche juste à t'aider... Si t'es bien dans tes baskets, ce sera plus facile de te faire des copains, et en bande, tout est plus simple...

– Mais justement, je ne suis pas « bien dans mes baskets », je suis dans les tennis de quelqu'un d'autre !

Julie lève les yeux au ciel. Paul enlève le polo en tremblant un peu.

– C'est sympa de ta part Gaspard, mais je n'y arriverai pas. Je ne me fais pas d'illusions. J'aurai juste l'air à côté de la plaque parce que je le suis. À côté de la plaque quand je serai tout seul dans la cour de récréation, à côté de la plaque quand je me perdrai dans les couloirs du bahut, à côté de la plaque quand j'oublierai de descendre du bus.

Momo ne saisit pas trop de quelle plaque il s'agit, mais elle sent que ce n'est pas le moment de poser la question. Tout le monde semble atterré.

Enfin, Léa rompt le silence qui s'est installé :

Elle fait les cent pas, absorbée dans ses pensées. Or, quand Léa a une idée, en général, elle peut sauver la situation.

Paul la regarde plein d'espoir.

– Il nous faut plusieurs avis... Je ne veux pas te vexer, Gaspard, hein, mais tu n'as jamais mis les pieds au collège. Et si on se fie seulement aux images qui traînent dans les journaux ou à la télé, forcément, on tombe dans le cliché. Il nous faut plus de diversité, et surtout un peu de vrai. Pourquoi on n'irait pas demander à Boris et Aïcha ? Ils y sont passés, eux, au collège.

Boris est l'étudiant aux Beaux-Arts du troisième étage. Il vit dans un studio sous les combles, au milieu d'un amas de toiles, juste à côté du local.

Aïcha y est aussi sans doute. Officiellement, c'est la sœur de Corentin, et elle devrait donc vivre au deuxième étage avec sa famille, mais en réalité, elle passe chaque minute de liberté en compagnie du futur artiste. Elle y joue de la guitare en admirant ses œuvres, ou son sourire, on ne sait pas trop.

PFFF... Paul les suit sans enthousiasme. Pour la première fois, il sent que ses copains ne le comprennent pas. Qu'il est tout seul. Comme il le sera dans trois jours au milieu de cet immense collège tout gris.

Il l'avait visité au printemps, pour la journée portes ouvertes. Sa mère disait que ça lui permettrait de se faire une idée, de se préparer... Tu parles. Peut-on vraiment se préparer à ça ? Les murs tristement ornés de quelques cartes de France ou d'Europe lui avaient paru terriblement nus en comparaison de sa propre classe décorée avec amour et passion, tout au long de l'année, par son enseignante, madame N'Diaye, la meilleure des meilleures. Peut-on se préparer à ces centaines de têtes nouvelles couvertes de boutons ou d'appareils dentaires ? Peut-on se préparer à l'horrible sonnerie qui vous vrille les tympans toutes les 55 minutes exactement ? Tout, au collège, lui semble un univers hostile.

MATERN-
PAS PATIR PAPA!
PAS PATIR!
PAF!
J'avais faim
Moi aussi.
OUIIIIIIIN!
Ben c'est pas beaucoup mieux ici...

STUDIO DE BORIS

Boris est catégorique, et le moral de Paul tombe un cran plus bas. Aïcha s'en aperçoit, elle donne un coup de coude dans les côtes de Boris qui se reprend :

– Enfin, c'est cool la jungle, hein ! Tu peux être le lion qui dévore tout le monde, ou le singe qui s'éclate avec ses potes, ou le serpent qui se glisse discrètement, ou heu... la gazelle qui... enfin, la sauterelle...

– La sauterelle qui saute ? propose Momo.

– Et tu peux aussi être l'hippopotame, ajoute Corentin.

– Heu, oui... l'hippopotame qui saute... s'embrouille Boris.

Aïcha vole à son secours :

– Ce que Boris veut te dire, c'est qu'il y a de la place pour tout le monde. Pas besoin de chercher à entrer dans un moule et d'être « LE » gars populaire ! Chacun trouve sa place, et chacun vit le truc à sa façon...

Mouais. Paul ne demande qu'à les croire, mais le changement lui paraît trop important, trop de choses d'un coup. Il répond :

– Ma façon à moi, ce sera tenter de survivre, essayer de ne pas me noyer dans l'organisation, les devoirs d'une semaine sur l'autre... Tout ça a l'air tellement compliqué !

– Ça l'est ! acquiesce Aïcha, mais juste au début. On vous laisse le temps de vous habituer... Tu sais, les profs ne sont pas idiots, ils savent bien qu'on vous a cocoonés jusque-là comme des bébés.

– Bébé, bébé, faut pas exagérer... marmonne Gaspard.

Mais Aïcha continue :

– En sixième, il y a des cours spéciaux pour tout ce qui concerne l'organisation, ce sera pendant l'heure de vie scolaire. Tu as aussi un prof principal, qui est ton référent : si tu as un problème, tu peux lui en parler. Et puis de toute façon, l'année de sixième c'est pour vous mettre dans le bain. C'est en cinquième que les choses sérieuses commencent... Justement, en ce moment, je donne des cours de soutien à un jeune collégien qui rentre en cinquième. Il habite de l'autre côté de la cour.

– Et il galère ? demande Paul.

– Bah, pas vraiment, ou pas encore. Mais disons qu'il faut arriver en cinquième avec son petit bagage. On n'a plus le temps de bosser la pure orthographe, par exemple... Terminées les dictées, on fait plein d'autres trucs après : de la littérature, de l'histoire, de l'art, du sport, de la techno, et puis le voyage en Angleterre...

– Plus de dictées ? répète Julie, l'œil rêveur.

– Un voyage en Angleterre ! s'extasie Gaspard.

Léa les coupe :

– Tu connais un collégien ? un vrai collégien ?? Parfait, c'est ça dont on a besoin : un véritable spécimen à observer.

Ça y est, Léa l'a, son idée du siècle :

– On va organiser une filature.

Mais, tu voulais dire quoi par la jungle tout à l'heure?
Tu te souviens pas de M. Desbois qui nous poursuivait dans les couloirs pour qu'on lui rende ses devoirs en avance?
C'était pas si horrible le collège, si?
Et M. Michon qui nous obligeait à être déguisés en pharaons pendant tous ses cours sur l'Egypte?
PIRE! Mme Lindon, qui nous demandait de tester nos mélanges en chimie sur nous-mêmes!
Et ce pauvre Antoine qui s'est retrouvé couvert de pustules après!
ours de
himie?
is y'a pas
raiment
e chimie
en 6e !
Ah oui tiens...
Tout ça n'a jamais eu lieu!
Ah, nous les artistes et notre imagination débordante...

LA COUR DE L'IMMEUBLE

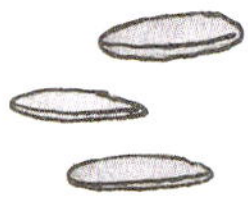

En moins d'une heure, le plan de Léa est mis en place. Une stratégie classique mais inratable : chacun est caché derrière un journal avec deux trous. Dès que le collégien sortira, Paul et Gaspard le suivront. Au premier croisement, les jumelles prendront le relais, pour ne pas attirer l'attention. Tout le monde est équipé d'un talkie-walkie et Momo a également pris la longue-vue de pirate qu'elle a gagnée à la kermesse de l'école.

– Regarde Corentin, si on la tient à l'envers, la fourmi semble super loin !

Les deux petits suivent une fourmi le long du mur. Léa et Julie, imperturbables, sont cachées derrière leur journal, tandis que Gaspard s'est mis à démonter son talkie-walkie au prétexte que le son est pourri et qu'il y a peut-être quelque chose à faire.

Paul, derrière son journal chiffonné, commence à se rendre compte qu'il va surtout se payer la honte de sa vie. Dès que le collégien va sortir, ils vont se faire repérer, et il aura la réputation d'être un gamin jouant à Inspecteur Gadget avant même d'avoir mis les pieds au collège. Super. Il prie pour disparaître, mais évidemment, ça ne marche pas.

– Hé Léa ! hurle Momo, tu crois que si je tiens ma longue-vue à l'envers, je le verrai arriver de plus loin, le collégien ?

– CHUUUUUUT ! répond Léa presque aussi fort. On est en FI-LA-TURE !!

Une fenêtre s'ouvre, ce qui fait sursauter Paul. Apparaît la moustache de Michel, le policier à la retraite qui habite au rez-de-chaussée.

– Eh bien, heureusement que de mon temps les agents secrets étaient un peu plus discrets, sinon les Russes n'en auraient fait qu'une bouchée !

Les Russes ? Bah, Paul n'a pas le temps d'écouter les histoires du vieux bougon aujourd'hui. Il faut qu'il trouve une solution. N'importe quoi, plutôt que l'humiliation de se faire attraper avec son journal froissé par un grand de cinquième.

Aïcha leur a dit qu'à 17 heures tous les jours, le garçon sortait son chien. Un rottweiler qui s'appelle Pendule et qui ne peut pas souffrir le retard. Il est 16 h 45. Il lui reste 15 minutes.

14 minutes exactement.

– Hé mon garçon, tu n'as pas l'air dans ton assiette... insiste Michel. Je peux peut-être t'aider. Tu sais, la filature c'était mon métier. Dis-moi, qui est l'ennemi ?

13 minutes.

– Justement... Y a pas d'ennemi... ou alors si, tous mes amis qui pour me faire plaisir vont me ficher la honte de ma vie. On est censés observer un voisin qui est collégien, pour que j'apprenne comment me comporter... C'est une idée de Léa, ajoute Paul pour se justifier. Léa a toujours de bonnes idées.

12 minutes.

– Oh oui, c'est une excellente idée ! s'esclaffe Michel. Mais tu ne crois pas que tu gagnerais un sacré paquet de temps si tu allais directement lui demander ? Comme tu l'as noté, ce n'est pas un ennemi que vous guettez, c'est un informateur !

11 minutes.

– Vous croyez ?

– Sûr de sûr ! Comme je suis sûr qu'il y a une autre entrée donnant directement sur la rue. Celle que ton informateur emprunte.

Paul le regarde les yeux ronds, décidément Michel est très très fort. Des rumeurs circulent à son sujet, il n'aurait pas été simplement policier mais bien agent infiltré au service du gouvernement. Le jeune garçon est tellement impressionné qu'il oublie qu'il n'a lui-même jamais vu ce collégien dans la cour... C'est bien qu'il passe par un autre chemin !

10 minutes.

– Allez, fonce ! Et souviens-toi : la meilleure défense, c'est toujours l'attaque.

Paul s'élance, il traverse la cour, sort dans la rue, trouve l'entrée arrière, s'y engouffre, s'engage dans l'escalier, grimpe trois marches et tombe nez à nez avec une bouille noire et brune et pleine de bave.

– Hello Pendule ! On est en avance aujourd'hui ?

LES AVENTURES DE L'AGENT MICHEL
Enigma à Coléra j'ai le suspect en vue...
Arrêtez-vous brigand !
OH !
POF
Ginguette de Louisette
Plus un geste vieille canaille !
HOP !
Au nom de la loi je vous arrête pour vente illicite de canards-péteurs.
Flûte.
PÊT
PÊT
PÊT
FIN

Ça y est, c'est le dernier soir de tranquillité. Demain, il faudra se coucher tôt, cartable prêt, vêtements pliés, et réveil réglé. Mais il leur reste encore UN soir tous ensemble et UN dernier jour de vacances... Il faut les savourer.

– Qu'est-ce qu'on pourrait faire ? demande Julie.

– Une filature ?

Paul et Igor se tordent de rire. Le nouveau reprend son souffle :

– Désolé les filles, c'est pas très gentil, mais vous auriez dû voir vos têtes derrière vos journaux troués, c'était trop drôle, même Pendule a rigolé...

Pour l'instant, Pendule serait plutôt en train de ronronner s'il le pouvait, gratté avec amour par une Momo ravie.

– ... mais c'était pour la bonne cause, ajoute-t-il avec un clin d'œil.

Julie sent un peu de rouge lui monter aux joues. Elle n'a pas les emballements romantiques de sa sœur, mais ce géant de douze ans l'intimide ! Il s'appelle Igor, il rentre en cinquième et il a l'air cool... Pas cool avec du gel et un polo, non, juste cool. Cool sympa. Et il vient de lui faire un clin d'œil ?

La veille, Paul est allé à sa rencontre. Ils ont soigneusement évité la cour pleine d'agents secrets, le temps qu'il lui explique la situation. Puis ils ont rigolé, rigolé. Un petit hoquet leur revient rien qu'en y repensant.

– PFFF... Je ne vois vraiment pas ce qui est drôle, grommelle Léa, un peu vexée. Il est cool James Bond, non ? Dis-leur, Gaspard, qu'agent secret c'est la classe... Ils n'y connaissent rien, ces collégiens...

Gaspard réfléchit un instant avant de répondre :

– Disons qu'on n'a pas les costumes et les nœuds papillon... C'est pas vraiment pareil.

– Bah, Michel ne se déguise pas en pingouin et il est pourtant très fort ! rétorque Paul.

– De toute façon, moi, réplique Igor, je préfère les salopettes !

Cette fois, Julie rougit jusqu'aux oreilles. Elle porte une salopette.

Igor reprend :

– La vie au collège ne ressemble pas vraiment à un film d'action. Le moment le plus trépidant de la journée, c'est au self : il faut se dépêcher si on veut avoir un minimum de choix.

– On peut choisir ? s'étonne Gaspard.

Igor confirme d'un hochement de tête.

– Si tu arrives au début oui, mais si tu es dans les derniers, il y a des chances pour que ton choix se limite à la salade de brocolis ou aux brocolis en salade. C'est triste.

– POUAH !! lance la bande en chœur.

– Ah si, il y a un truc auquel il faut bien faire attention au collège, c'est les pions.

– Les pions qui collent ? demande Momo d'une petite voix.

– Exactement, confirme Igor. Mais si tu es sympa avec eux, tout ira bien.

– Et le bus, demande Paul, ça se passe comment ?

– Oh, le bus, c'est top ! Tu retrouves tous tes potes. On le prendra ensemble, si tu veux, il passe juste au bout de la rue.

Paul sourit, dix kilos de moins sur chaque épaule.

– D'ailleurs, je dois aller au collège dès la première heure après-demain, il faut que je récupère un papier pour le club **PLANÈTE**. Je sais que la rentrée des sixièmes est en deuxième heure, mais si tu m'accompagnes, je pourrai te faire une visite rapide.

– Carrément tentant ! On a déjà visité avec l'école au printemps…

– Pas les coins cool, je pense… précise Igor avec un large sourire.

Paul lui rend son sourire. Quelque chose lui dit que cette visite sera moins déprimante que celle avec sa classe !

– Et c'est quoi le truc **PLANÈTE** ? demande-t-il.

Un nouveau rire résonne sous le toit du local.

– Non, en vrai, on est les éboueurs du collège. Mais attention, en vrai c'est extra ! On fait des opérations ramassage de papiers dans la cour, on réfléchit à comment économiser les ressources… C'est nous qui avons mis en place le tri sélectif.

L'année dernière, on avait fait une récolte de bouteilles en plastique pour les transformer en pull polaire. On avait été invités à visiter l'usine, c'était d'enfer. C'est une fois par semaine, sur l'heure de midi, le prof est super. On organise aussi des soirées des fois pour se financer, ou s'auto-récompenser… Eh mais, tu voudrais pas venir avec nous ?

Un club Poubelle ? Mais oui, bien sûr… La présentation ne fait pas rêver, mais Paul en est absolument sûr : il va adorer.

RÈGLES
de SUPER-HÉROS-SAUVEUR-DE-PLANÈTE
Le papier par terre jamais tu ne jetteras.
Le plastique et le verre tu trieras.
La lumière allumée tu ne laisseras pas.
CLIC!
Le vélo ou la marche à pied tu préféreras
Une douche rapide tu prendras.
PARLER BIZARRE TU APPRENDRAS.
PROTECTION PLANÈTE
S.
BAR

L'inspecteur Michel et la Fée Liang

Rien n'échappe à Michel, policier à la retraite… Ni même à Mme Liang, sa voisine de palier qui, sous son tablier de concierge, est un peu bonne fée. Alors le soir, ils discutent de comment tourne le petit monde de l'immeuble.

Pour certains, c'est plus facile que pour d'autres...

En apparence, oui, mais au fond tout le monde est dans le même bateau ! Même les plus populaires, le comique de la classe ou la stylée de service, s'accrochent à leur rôle comme à une bouée... Ce sont des années difficiles pour tous, même si certains le cachent mieux que d'autres !

Hou là là, ça ne fait pas très envie le collège !

C'est vrai, c'est une période un peu délicate : celle où l'enfant devient adulte, dans son corps comme dans son rapport au monde. Mais c'est aussi l'époque des premières fois, avec tout un tas de souvenirs qu'on se construit pour plus tard.

Un moment qui influencera toute notre vie ?

Oui et non : l'ado paumé devient souvent un adulte bien dans sa peau, et le jeune qui roule des mécaniques devient quelqu'un de sensible... C'est un moment où on se cherche, où on s'essaie, et où on a le droit de se tromper aussi !

Un petit conseil pour finir ?

Oui : la bienveillance ! Être bienveillant avec soi, avec les autres, avec les adultes... Toujours se rappeler qu'on est tous imparfaits et que chacun essaie de faire au mieux. Ça peut paraître naïf, mais c'est, je crois, la clef. Pour le reste, qu'ils profitent ! Le collège c'est plein de beaux moments aussi.

DANS LA MÊME SÉRIE

WWW.FLAMMARION-JEUNESSE.FR

Conception graphique et mise en pages : Flammarion et Marie Pécastaing
Dépôt légal : août 2017
Imprimé en Espagne par Liberdúplex – 07-2017
Loi n° 49-956 du 16 juillet 1949 sur les publications destinées à la jeunesse